DAS LUSTIGE GÄSTEBUCH FÜR'S KLO

FÜR VERGNÜGLICHE SITZUNGEN
UND GEISTESBLITZE

Illustration: A. Bernd Abel
Herstellung und Verlag: Books on Demand GmbH, Norderstedt, 2014
ISBN 9783837014532

NAME	DATUM	SPRUCH	
			IG-METALL
			IG-CHEMIE
			IG PISSEN
NAME	DATUM	SPRUCH	
NAME	DATUM	SPRUCH	
NAME	DATUM	SPRUCH	
NAME	DATUM	SPRUCH	

Bitte Bürste benützen!

(Die ist mir zu hart :-)

DER MENSCH SCHEISST
IN 'NER GUTEN STUND,
IN FÜNF MINUTEN
SCHEISST SEIN HUND.

Erst pissen,
dann schütteln!

NAME	DATUM	SPRUCH

> Hängt der Tropfen noch so lose, der letzte geht doch in die Hose.

NAME	DATUM	SPRUCH

NAME	DATUM	SPRUCH

NAME	DATUM	SPRUCH

NAME	DATUM	SPRUCH

Bitte näher ran!

Der nächste ist vielleicht barfuss!

Salomon der Weise spricht:
Laute Fürze stinken nicht,
aber die so leise zischen
und so still dem Arsch
entwischen, —
vor *denen* hüte Dich,
denn die stinken fürchterlich.

Bitte hier drücken!

MEIN GEISTESBLITZ WÄHREND DER SITZUNG:

Komm raus und piss,
Du Feigling!

MEIN GOTT!

WAR DIE KLOFRAU GESTERN WIEDER SCHEISSFREUNDLICH!

MEIN GEISTESBLITZ WÄHREND DER SITZUNG:

Bei Überflutung,
langsam trinken!

*

SOME COME HERE TO SHIT
AND STINK,
SOME COME HERE TO SIT
AND THINK.
I COME HERE TO COUNT
MY BALLS
AND TO READ THE WC-WALLS.

*

NAME   DATUM   SPRUCH

NAME   DATUM   SPRUCH

NAME   DATUM   SPRUCH

NAME   DATUM   SPRUCH

NAME   DATUM   SPRUCH

Bitte näher ran!
(Er ist kürzer als Du denkst!)

Ihr seid mein Urin!

MEIN GEISTESBLITZ WÄHREND DER SITZUNG:

**Meine Herren und Damen, scheißt nicht auf den Rahmen,
sondern, das ist bei uns so Sitte, immer in die Mitte!**

NAME	DATUM	SPRUCH

NAME	DATUM	SPRUCH

NAME	DATUM	SPRUCH

NAME	DATUM	SPRUCH

NAME	DATUM	SPRUCH

Der größte Witz
an der Wand?
Ihn hältst Du grade
in der Hand ...

**Wie Hitler sitz ich hier,
die braunen Massen unter mir**

Du sollst kacken – nicht lesen!

1 = Mensch

2 = Firma

3 = Staat

Was ist dann 4 + 5 ?

Lösung: 9, oder kannst Du nicht rechnen?

Du bist kein Mensch,
Du bist kein Tier,
Du bist ne Rolle Klopapier

Mein Geistesblitz während der Sitzung:

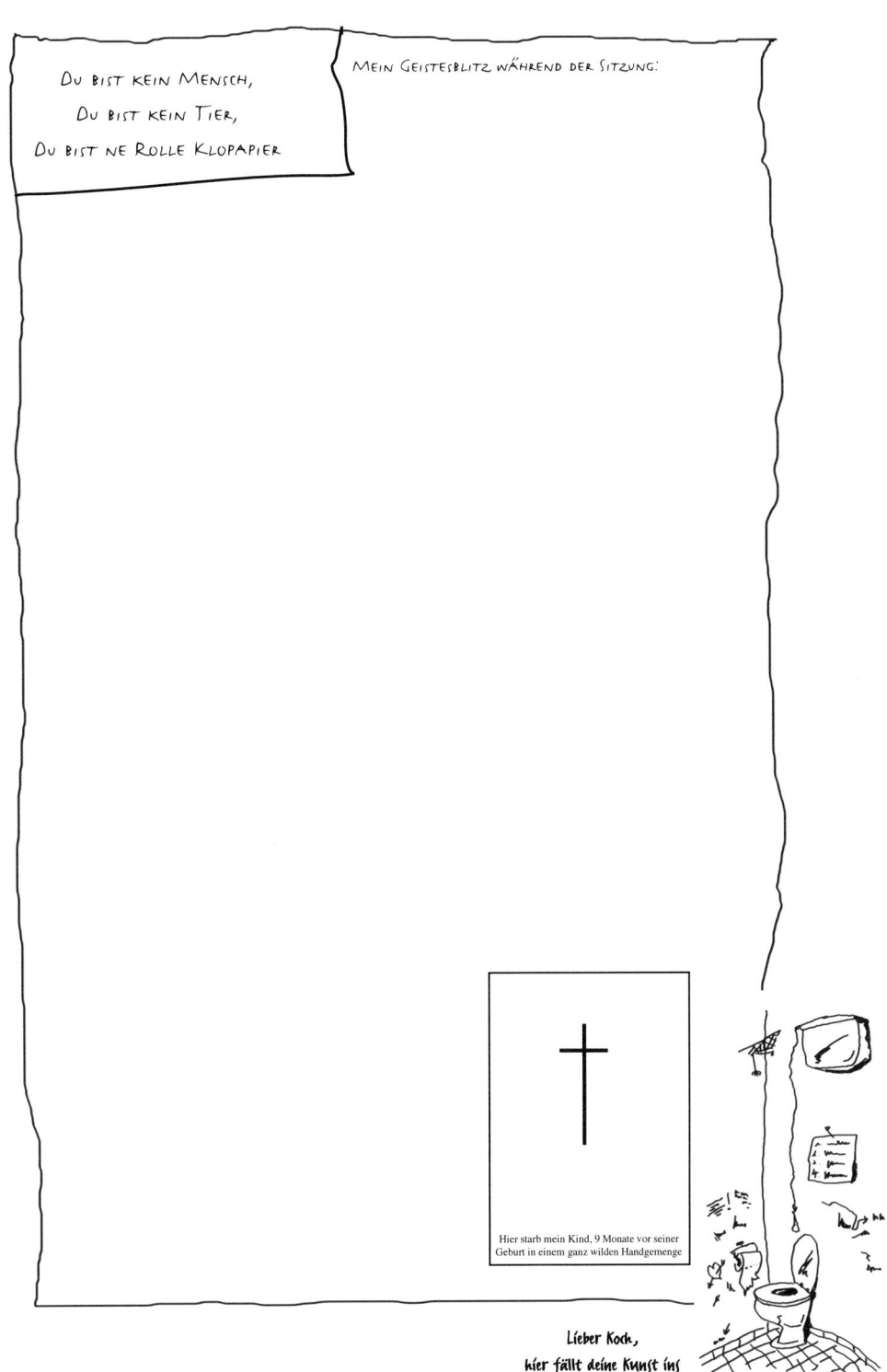

Hier starb mein Kind, 9 Monate vor seiner
Geburt in einem ganz wilden Handgemenge

Lieber Koch,
hier fällt deine Kunst ins
Loch!

NAME   DATUM   SPRUCH

NAME   DATUM   SPRUCH

NAME   DATUM   SPRUCH

NAME   DATUM   SPRUCH

NAME   DATUM   SPRUCH

ICH MÖCHTE WIRKLICH
GERNE WISSEN,
WARUM ICH DICHTE,
STATT ZU PISSEN.

Ich scheiss besser!

MEIN GOTT IST DER KLEIN!

PINKELN

NAME	DATUM	SPRUCH
NAME	DATUM	SPRUCH
NAME	DATUM	SPRUCH
NAME	DATUM	SPRUCH
NAME	DATUM	SPRUCH

KLOWÄNDE PUTZEN
IST WIE BÜCHER VERBRENNEN!

Steck Deinen Wurm
zurück!
Hier ist Angeln
verboten!

DAS KLOPAPIER IST ALLE!

GEGEN DEN GESTANK HIER IST MEINE SCHEISSE DAS REINSTE PARFÜM

MEIN GEISTESBLITZ WÄHREND DER SITZUNG:

AUF DIESEM KLO DA WOHNT
EIN GEIST,
DER JEDEN, DER ZU LANGE
SCHEISST,
VON HINTEN IN DIE EIER
BEISST.
MICH HAT ER NOCH NICHT
GEBISSEN,
DENN ICH HAB' IHM
AUF DEN KOPF GESCHISSEN!

Steter Tropfen höhlt den Kopf
– oder die Leber ...

SCHEISS-FETE.

WENN ICH MEINE HOSE FINDE, GEHE ICH!

NAME   DATUM   SPRUCH

NAME   DATUM   SPRUCH

NAME   DATUM   SPRUCH

NAME   DATUM   SPRUCH

NAME   DATUM   SPRUCH

ICH WAR HIER
AM 10·11·1912
EHRLICH!

Achtung: Du sitzt auf einem Auge:
Es sieht immer nur Arschlöcher.

NAME	DATUM	SPRUCH
NAME	DATUM	SPRUCH
NAME	DATUM	SPRUCH
NAME	DATUM	SPRUCH
NAME	DATUM	SPRUCH

WENN DU GENAU NACHDENKST, IST ES VIELLEICHT DAS BESTE, WAS DU JE VOLLBRACHT HAST ...

Mein Geistesblitz während der Sitzung:

Auf Dauer geben
Tropfen Deiner Pisse,
Im Leder Deiner Schuhe Risse.

Wer nicht lesen will,

muss Fernsehen!

**Bitte lächeln!
Sie werden gerade
gefilmt.**

WER ZULETZT LACHT,
HAT IRGENDWAS ERST
ZU SPÄT BEGRIFFEN.

NAME   DATUM   SPRUCH

NAME   DATUM   SPRUCH

NAME   DATUM   SPRUCH

NAME   DATUM   SPRUCH

NAME   DATUM   SPRUCH

Wenn Sie das
lesen können,
scheißen
Sie in
einem
Winkel von
90° Grad.

NAME   DATUM   SPRUCH

NAME   DATUM   SPRUCH

NAME   DATUM   SPRUCH

NAME   DATUM   SPRUCH

NAME   DATUM   SPRUCH

LIEBE GEHT
DURCH DEN
MAGEN.
BIER GEHT
DURCH DIE
BLASE.

MAN MUSS NICHT UNBEDINGT DUMM SEIN, UM DIESES KLO ZU PUTZEN —
ABER ES WÜRDE DIE TÄTIGKEIT SEHR ERLEICHTERN.

MEIN GEISTESBLITZ WÄHREND DER SITZUNG:

KNAPP UND KURZ,

DAS IST DER SOLDATENPURZ

Bei Stromausfall:
Bitte trotzdem zielen!

DU KÖNNTEST ZU KURZ
GEKOMMEN SEIN,
WENN DU NICHT SO WEIT
PINKELN KANNST.

NAME   DATUM   SPRUCH

NAME   DATUM   SPRUCH

NAME   DATUM   SPRUCH

NAME   DATUM   SPRUCH

NAME   DATUM   SPRUCH

scheissen während
der Arbeitszeit wird
wenigstens bezahlt!

Bitte deutlich schreiben!

MEIN GEISTESBLITZ WÄHREND DER SITZUNG:

Zwei Backen

machen noch lange

kein Gesicht.

MEIN GEISTESBLITZ WÄHREND DER SITZUNG:

LIEBER GESUND UND REICH
ALS KRANK UND ARM!

kiffen
macht gleichgültig!
Na und?

BRAUNE SPUREN AUF DEM KLO, MACHEN KEINE PUTZFRAU FROH.

NICHT IMMER IST ES CHEMIE, DIE STINKT.

NAME   DATUM   SPRUCH

NAME   DATUM   SPRUCH

NAME   DATUM   SPRUCH

NAME   DATUM   SPRUCH

NAME   DATUM   SPRUCH

Im Falle von Durchfall:
Bitte Tempo weiter
beschleunigen.

DU SOLLTEST DEN KOPP   MEIN GEISTESBLITZ WÄHREND DER SITZUNG:
NICHT HÄNGEN LASSEN,
WENN DIR DAS WASSER
BIS ZUM HALS STEHT.

WAREN DIE ERSTEN
MENSCHEN WIRKLICH DIE
LETZTEN AFFEN?

GUT DUNG

WILL WEILE HABEN...

MEIN GEISTESBLITZ WÄHREND DER SITZUNG:

WER IM GLASHAUS SITZT,
SOLLTE NUR IM KELLER
AUF'S KLO GEHEN.

**Nach einer Stunde
wird der Schleudersitz
automatisch ausgelöst!**

GELD WURDE VERMUTLICH VON EINEM ARMEN MENSCHEN ERFUNDEN.

NAME	DATUM	SPRUCH
NAME	DATUM	SPRUCH
NAME	DATUM	SPRUCH
NAME	DATUM	SPRUCH
NAME	DATUM	SPRUCH

WER IMMER DEN FRAUEN HINTERHERLÄUFT LANDET IRGENDWANN AUF DEM DAMENKLO.

MAN HAT LÄNGER WAS DAVON, WENN MAN SICH RICHTIG REINSETZT.

MEIN GEISTESBLITZ WÄHREND DER SITZUNG:

ICH HABE KEINE PROBLEME MIT GRAS
— NUR OHNE ...

Frohe Ostern!

SCHEISS AUF OSTERN!

NAME	DATUM	SPRUCH
NAME	DATUM	SPRUCH
NAME	DATUM	SPRUCH
NAME	DATUM	SPRUCH
NAME	DATUM	SPRUCH

Bitte nicht an den Klosteinen lutschen!

KACKEN IST SCHEISSE!

MEIN GEISTESBLITZ WÄHREND DER SITZUNG:

HIER SITZ ICH MIT SCHWEREM HERZEN UND

DRÜCK'S HERAUS MIT STARKEN SCHMERZEN

NAME   DATUM   SPRUCH

NAME   DATUM   SPRUCH

NAME   DATUM   SPRUCH

NAME   DATUM   SPRUCH

NAME   DATUM   SPRUCH

MAN SOLLTE
DIE ALTEN ATOMBOMBEN
WENIGSTENS VERBRAUCHEN,
BEVOR MAN NEUE BAUT!

BEIM SAUFEN NICHT ERBLASSEN!

WASSER LASSEN!

**Wenn es kleckert,
wenn es spritzt,
mach wieder sauber,
worauf Du sitzt!**

... UND ZWEI NÜSSE LASSEN SICH EINFACH NICHT VOM BAUM ABSCHÜTTELN ...

ICH BIN KEIN MANN FÜR EINE NACHT! (ICH WERDE SCHON NACH EIN PAAR MINUTEN MÜDE)

MEIN GEISTESBLITZ WÄHREND DER SITZUNG:

schuhe braucht man
zum reisen,
Ruhe braucht man
zum scheißen.

ACHTUNG:
MEIN HAUFEN IST GRÖSSER!

NAME   DATUM   SPRUCH

NAME   DATUM   SPRUCH

NAME   DATUM   SPRUCH

NAME   DATUM   SPRUCH

NAME   DATUM   SPRUCH

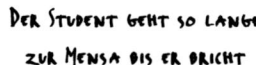

DER STUDENT GEHT SO LANGE
ZUR MENSA BIS ER BRICHT

FEMINISTINNEN FIND' ICH GEIL,
BESONDERS DIE MIT DEN
PRALLEN BRÜSTEN...

STETER TROPFEN HÖHLT DEN KOPP.

NAME   DATUM   SPRUCH

NAME   DATUM   SPRUCH

NAME   DATUM   SPRUCH

NAME   DATUM   SPRUCH

NAME   DATUM   SPRUCH

Was ist der Furz?
Der verzweifelte Versuch,
den Arsch zum Instrument zu
machen.

DAS LEBEN IST
BESCHISSEN,
WENN WIR UNS
NICHT
ZU HELFEN
WISSEN

NAME	DATUM	SPRUCH
NAME	DATUM	SPRUCH
NAME	DATUM	SPRUCH
NAME	DATUM	SPRUCH
NAME	DATUM	SPRUCH

AUCH STILLE WASSER
MÜSSEN MAL.

Mit Knötli im Dödli
ist Vögli nicht mögli!

MEIN GEISTESBLITZ WÄHREND DER SITZUNG:

Benutzer,
Du Verschmutzer!

DEINE FINGER SIND WOHL KAUM ERSATZ
FÜR MEINEN WOHLGERATNEN SPATZ

MEIN GEISTESBLITZ WÄHREND DER SITZUNG:

**Durchfall gärt
am längsten.**

Geht eine Frau zum Arzt:
„Ich glaube ich hab' einen Knoten in
der Brust"
„Wie haben sie denn das geschafft?"

NAME	DATUM	SPRUCH
NAME	DATUM	SPRUCH
NAME	DATUM	SPRUCH
NAME	DATUM	SPRUCH
NAME	DATUM	SPRUCH

UND DA WAR NOCH:

NACHTS WAR ES HEUTE KÄLTER ALS DRAUSSEN.

MÄNNER SIND WIE KLOBRILLEN:
BESETZT ODER BESCHISSEN.

LANDEST DU IM FALSCHEN
LOCH, BIST DU IM ARSCH.

MEIN GEISTESBLITZ WÄHREND DER SITZUNG:

DAS INTERNET LÜGT.

KLOWÄNDE LÜGEN AUCH.

LIEBER EIN OPPENES
OHR
ALS EIN OPPENES
BEIN.

Lieber einen dicken Bauch als gar nichts Hervorragendes.

DER FURZ

WAR IM

ALTEN

ÄGYPTEN

EINE

GOTTHEIT!

Ist es möglich,
seine Ellebogen zu lecken?

ACHTUNG:

ERDNÜSSE SIND EIN BESTANDTEIL VON DYNAMIT!

Das älteste Wasserklosett
mit funktionierender Spülung
ist ca. 4000 Jahre alt und
befindet sich im Palast von
Knossos auf Kreta.

BÜCKT MAN SICH NACH 1 CENT,
KOMMT MAN AUF EINEN
STUNDENLOHN VON 12 EURO,
WENN MAN 3 SEKUNDEN DAFÜR
BRAUCHT!

BEVOR MAN SEINE KON-
   DOME WEGWIRFT,
SOLLTE MAN IN DEN
   SPIEGEL SEHEN!

MEIN GEISTESBLITZ WÄHREND DER SITZUNG:

„Keine Rose ohne Dornen", sagte das Kaninchen und vergnügte sich mit der Klobürste.

ICH
KAM
SAH
UND
ZOG.

UNFRUCHTBARKEIT IST EROLICH!

Die Klofrau darf nicht beschissen werden!

SCHEISSE IN DIE LUFT

GESCHOSSEN,

DAS GIBT VIELE

SOMMERSPROSSEN.

NAME	DATUM	SPRUCH
NAME	DATUM	SPRUCH
NAME	DATUM	SPRUCH
NAME	DATUM	SPRUCH
NAME	DATUM	SPRUCH

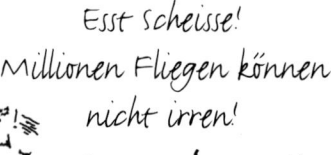

Esst scheisse!
Millionen Fliegen können
nicht irren!

JETZT HAB' ICH DIE NASE VOLL! (DIE HOSE AUCH)

NAME   DATUM   SPRUCH

NAME   DATUM   SPRUCH

NAME   DATUM   SPRUCH

NAME   DATUM   SPRUCH

NAME   DATUM   SPRUCH

Kacke wie Hose!

EUNUCHEN,
VEREINIGT EUCH!

Was macht eine Blondine
im Theater?
Sie verteilt die Rollen ...

Kondomautomat

ACHTUNG,
MEIN VATER SAGT,
MANCHE DAVON
SIND KAPUTT!

DAS IST DOCH DER
MIESESTE KAUGUMMI,
DEN ICH JE PROBIERT
HABE!

BEI FEHLFUNKTION EINFACH HEIRATEN!

● ● ● ●

BEI VERSAGEN:
BITTE HIER KIND
EINWERFEN

MEIN GEISTESBLITZ WÄHREND DER SITZUNG:

Ist es Klopapier?
Oder ist es sogar die
längste
serviette der Welt?

DU
HERZSCHRITTMACHERÜBERTAKTER

NAME DATUM SPRUCH

NAME DATUM SPRUCH

NAME DATUM SPRUCH

NAME DATUM SPRUCH

NAME DATUM SPRUCH

DIESE TOILETTENWAND
GIBT ES AUCH AUF MC UND CD.
FRAGEN SIE IHREN
FACHHÄNDLER DANACH!

Lieber vorbeugen,
als nasse Schuhe!

KÖNNEN RATTEN KOTZEN?

NAME   DATUM   SPRUCH

NAME   DATUM   SPRUCH

NAME   DATUM   SPRUCH

NAME   DATUM   SPRUCH

NAME   DATUM   SPRUCH

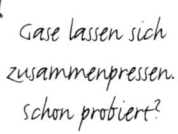

Gase lassen sich
zusammenpressen.
schon probiert?

**Vor Benutzung:
Bitte Deckel öffnen!**

MEIN GEISTESBLITZ WÄHREND DER SITZUNG:

Navigare necesse est
(schiffen ist notwendig)

WENN EINER AUF DEM
LOKUS SITZT,
DANN KANN ER
WAS ERZÄHLEN!

Ich weiss über Dich Bescheiss!

NAME	DATUM	SPRUCH

NAME	DATUM	SPRUCH

NAME	DATUM	SPRUCH

NAME	DATUM	SPRUCH

NAME	DATUM	SPRUCH

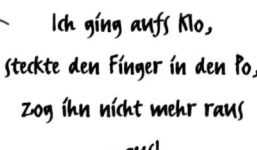

Ich ging aufs Klo,

steckte den Finger in den Po,

zog ihn nicht mehr raus

- aus!

Pissen ist Macht

Wer das liest, steht in meiner Pisse!

UND SO WAS WILL EIN FEINER PINKLER SEIN...

SCHAU RUNTER!

MEIN GEISTESBLITZ WÄHREND DER SITZUNG:

SCHAU NACH RECHTS!

JETZT PISST DU GERADE DANEBEN!

SCHAU HOCH!

IST MICRO-SOFT EIN NEUES TOILETTENPAPIER!

Ich kaufe Windows lieber im Baumarkt!

SCHAU NACH LINKS!

PISSEN UND PISSEN LASSEN!

| NAME | DATUM | SPRUCH |

| NAME | DATUM | SPRUCH |

| NAME | DATUM | SPRUCH |

| NAME | DATUM | SPRUCH |

| NAME | DATUM | SPRUCH |

*Bin ich froh
– Mein Po passt
genau auf Euer
Klo.*

KANN DER NOCH PINKELN,

DER SCHIFFBRUCH

ERLITTEN HAT?

Wir können es drehen, wie wir wollen – der Arsch bleibt immer hinten.

NAME   DATUM   SPRUCH

NAME   DATUM   SPRUCH

NAME   DATUM   SPRUCH

NAME   DATUM   SPRUCH

NAME   DATUM   SPRUCH

WENN DU EINEM ARSCHLOCH
KLARMACHEN WILLST,
DASS ES WIRKLICH
EIN ARSCHLOCH IST,
WIRD ES DAS BIS ZUM
LETZTEN FURZ ABSTREITEN!

WORAN ERKENNT MAN,
DASS EIN ÄTHIOPIER KEINE
VERSTOPFUNG MEHR HAT?
Am Reiskorn im Klo!

NAME	DATUM	SPRUCH
NAME	DATUM	SPRUCH
NAME	DATUM	SPRUCH
NAME	DATUM	SPRUCH
NAME	DATUM	SPRUCH

Eine Frau beim Arzt:
„ICH HAB' EINEN 10-EURO-SCHEIN
VERSCHLUCKT UND JETZT KOMMEN
IMMER NUR MÜNZEN HINTEN RAUS!"
„Höchtwahrscheinlich sind sie in
den Wechseljahren."

Wie weiß ein Blinder,
dass er fertig ist mit
putzen?

Du Seifen-Ignorierer!

Mein Geistesblitz während der Sitzung:

Der Instalateur:
„In einer Woche bekommen Sie Ihr Klo wieder."

Du Schurke,
man nehme dir die Gurke!

EIN MARMELA-
DENBROT LANDET
IMMER AUF DER
MARMELADENSEITE.
EINE KATZE LANDET
IMMER AUF IHREN
PFOTEN.

WAS PASSIERT, WENN
MAN EINER KATZE
EIN MARMELA-
DENBROT AUF DEN
RÜCKEN BINDET?

MEIN GEISTESBLITZ WÄHREND DER SITZUNG:

**Willst Du mal so richtig
kacken,
leg die Hände in den
Nacken
und
die Ellenbogen
auf die Knie,
dann kannst Du kacken
wie noch nie.**

Besser Farbe im Klo,
als Kacke im Malkasten.
Mahlzeit!